藝術家叢刊

實用陶藝入門

Tina Schwichtenberg 著

郭 佩 琪 譯

藝術家出版社印行

實用陶藝入門

目錄

序言

您有興趣作陶器嗎？

當您有興趣想作陶器的時候，您不須具備各種基本知識，即可自己動手馬上去做。您只需具備陶土，廚房用具，及耐心即可。從本書的第一單元燭台到最後單元烘焙器皿的製作，每個新單元的困難等級均可一一克服。的確，就以ＺＢ單元的花瓶底座來說吧，您就須具備很大的耐性，但事後您會很自傲地誇耀自己擁有一個得意的自我創作。

給沒有經驗的朋友們

這裏將示範製作各種「陶製器皿」，您能夠摹擬製作的陶器形狀都在這本書有詳細說明。不管您是否動過陶土，我可以肯定的說，您會從這本書上的每一段得到很大的樂趣。具備一些耐性，準備好陶土，您即可工作了。祝您工作愉快！

第一章

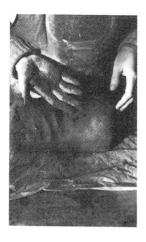

陶土

您從何處取得陶土？

陶土是從地下採掘的自然產物，您可從有關商店，製陶業者處購得，或向交易商探聽。您可以買陶土粉末，自己加水攪拌，如果成本稍貴，可以買陶土塊，用塑膠袋或金屬箔包好以防止乾裂。陶土的顏色並不是頂重要的，在燃燒的時候可以加深色彩。如果土太潮濕，可以放在火爐中乾燥一下。購買時不妨探聽一下陶土的燃燒性。此外，如果您想摹擬本書上的每一個單元製作，需準備15到20塊的陶土。

陶土需如何處置？

陶土以不乾燥亦不潮濕為適中；如果土會附著在您的手掌上時就是太濕了。這時須拿掉陶土塊的塑膠袋包裝而置於報紙上使其乾卻。當您的手指印能夠明顯的印在陶土上時，這是最適當的狀態。製作的時候，如果表面出現裂縫，就是土太乾燥，只要加點水揉捏一下即可。

軟濕之泥

您爲什麼需要軟濕之泥？

製作陶器的時候經常需要軟泥；利用它來做黏接劑，以便添加彎柄，管口，或把手。當您要連接容器底層和其周圍之壁時，您就須利用軟泥固定才不致於分離。在您要塗上軟泥之前，須把相關位置用叉子刮粗糙以便於軟泥和陶土的接合。

如何製作軟泥？

放一些陶土在報紙上使其乾燥，等完全乾了以後用碾麵棍捍成粉末，將粉末置於廣口盃內，加些水並用叉子攪拌到成糊狀就行了。

此外還須準備一些水以便沖調。當您的軟泥變乾時，可以再加些水，使其恢復黏稠的糊狀。

釉和燃燒性

您從何處取得釉料？

我的釉粉是在買陶土處購得的，陶土和釉料同一性質的較適
合，彼此的燃燒性相同而不會出現裂縫或在表面上形成水滴
狀。要打聽燃燒性以前，請不要忘了詢問陶土和釉的燃燒點
有多高，因為其間經常是不同的。

如何準備釉料？

將釉粉置於桶內加水攪拌到有膠黏性為止。用毛刷將釉刷上
或是將整個陶器浸入桶中，或者用杓子澆注亦可，這樣整個
作品就偏施上彩色了。您須準備一隻毛刷來上釉，上釉時要
輕刷。在火爐中您的作品將會慢慢變堅實。暗色的釉通常在
最後才塗飾上去。

小燭台

製作小燭台您需準備陶土、碾麵棍、直徑 8 公分的空罐頭罐，削麵刀用來刮平滑用、報紙、舊燈泡、和軟泥。

將陶土放在報紙上，用碾麵棍捍成平均0.5公分厚的扁平狀。如果陶土會附著在麵捍上就是太濕了，這時只要將陶土放在報紙上乾燥即可。

將空罐頭的蓋子和底除去，用來壓陶土成個圓圈，將舊燈泡穿過空罐小心的擠壓陶土，如此便形成一個漂亮、平均的凹槽。

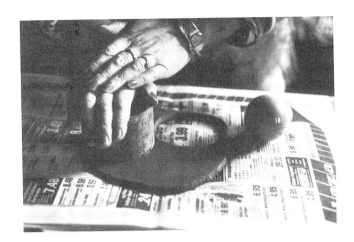

現在小心地壓下第二個
圓圈。

用燈泡輕輕地擠壓這個
圈。

用手指將兩個圈的邊緣
修飾平滑。

將凹槽不平坦部份用削
麵刀修平。

用叉子將二者要接合的
位置刮粗,並塗上軟泥
。如何上軟泥,請參考
第七頁的序言。

將兩個圓圈輕輕地壓在
一起,待乾燥後,上釉
燃燒,燃燒後釉便會固
定在表面上。
我的燭台,是上深棕色
的釉。

鹽罐和胡椒罐

您須準備陶土、碾麵棍、報紙、小刀、削麵刀，直徑 7 公分的空罐頭罐和軟泥。鹽罐及胡椒罐的初步製作，就像小燭台一樣，先壓出兩個圓圈。

用碾麵棍將陶土捍成 $\frac{1}{2}$ 公分厚的扁平狀，將空罐頭除去底和蓋壓出二個圓底。

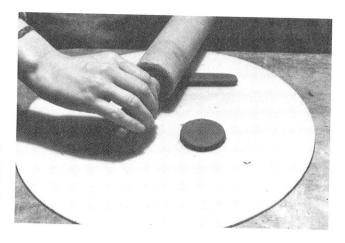

揉一條平均拇指粗，長15公分的土條用碾麵棍將土條捍成寬 3 公分厚 0.5 到 1 公分的帶狀，這將做成周圍之壁。

14

用叉子將底部邊緣刮粗並塗上軟泥，將帶狀的土條小心地接合上去。用刀子將外表輕輕地抹平。

揉一段土條將裏面接合的縫隙填住，並用手指輕壓、整理使連接的部份平滑。

然後將上下兩部份都用
削麵刀修平，底部用叉
子刮粗，塗上軟泥並輕
壓使二者接合。

用木匙柄或碾麵棍在邊
緣壓出幾個小凹陷，如
此一件漂亮的作品就完
成了。您可將這件作品
放在一旁乾燥；第二個
罐子也是同樣的製作。

您的鹽罐和胡椒罐都準
備好了。我做的數量較
多並用它來當盛蛋杯。

香料罐

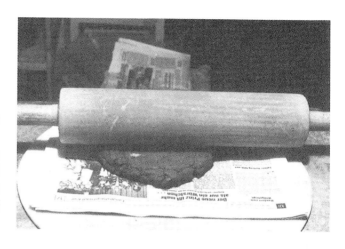

製作香料罐，您須準備陶土、碾麵棍、小刀、削麵刀、直徑 8—9 公分的空罐頭，軟泥，長尺和直徑 7—8 公分的軟木塊，以及油性的簽字筆。

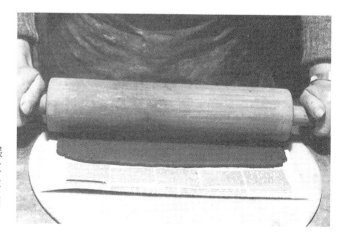

首先將陶土放在報紙上並捍成 1 公分厚的扁平狀，用空罐頭壓出一個圓底。

將一條厚的土條，用碾麵棍捍成平均0.5公分厚的帶狀。捍的時候，要墊上報紙以免黏在桌面上。

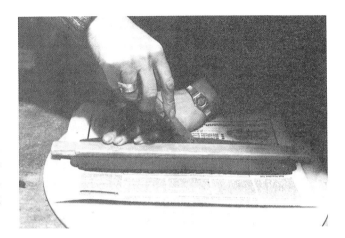

用小刀切成寬5—6公分,長27—28公分的帶狀,此為周圍之壁。將壁的邊緣和罐子的底部塗上軟泥。

將帶狀的壁與罐子的底部,垂直地從邊緣接合。疊合起來後您還有足夠的土將空隙填住。

將接縫部份抹平滑。現在底和壁就完整地接合在一起了。

揉一段小土條繞住內側的邊緣；這樣您就會得到一個接合完整的罐子了。

用削麵刀將裏外壁都修平，邊緣的部份最好用手指修飾。在罐壁的中間用手指輕輕地由內向外壓，這樣罐子的中間便會微微的向外凸出。

在乾燥以後，要上釉和燃燒時，需將軟木的大小配合好。用小刀在罐子表面刻出字形並用琢磨紙磨光。最後用簽字筆，將香料的名稱寫在刻的字形上即完成。

儲物罐

當您要製作這個儲物罐的時候，您需具備陶土、碾麵棍、削麵刀、小刀、報紙、軟泥，以及直徑約13公分的軟木。為了避免軟木塞的滑落，事先需與罐口的尺寸配合。

用碾麵棍將陶土捍出直徑13公分的圓底。將邊緣刮粗塗上軟泥並接上約姆指粗的土條。底和土條需裏外都接合得很好。

下面的土條需捍得稍微扁平些，並垂直的與前面的底接合。接下去再填上三圈扁平的土條，如果您不想讓罐子太凸出，這三圈土條接合好就可以了。

將下面的扁平土條朝著
向內的角度依照罐的形
狀連接好。

現在須試驗看看軟木能
不能與罐口配合。假使
陶罐經過乾燥和燃燒會
縮小，開口也會跟著變
小，做完後不妨先將陶
罐放置一天。

第二天您就可以決定開
口的大小並在表面刮出
字形。

23

揉出小指粗的土條，並
依照原先刮好的字形做
出字母的形狀。

然後將字母塗上軟泥，
輕輕地壓使其與表面接
合。進行乾燥後即可上
釉燃燒。

燃燒以後需確定一下罐
口是否能和軟木配合，
如果軟木太大，用小刀
修一下即可。用磨光紙
將表面磨光就完成了。
在這個罐中您可以放 $\frac{1}{2}$
公斤的鹽，或 1 公斤的
麵粉，或 $\frac{1}{2}$ 公斤的糖，
或 $\frac{1}{2}$ 公斤的麥片。

小奶油罐

要製作存放冷卻奶油的小罐，您需準備好陶土、碾麵棍、小刀、削麵刀、軟泥，和報紙。奶油罐的製作可分為兩部份。跟做P22的儲物罐一樣，先將陶土捏成厚1公分的扁平狀，壓出兩個直徑14公分的圓底，並在邊緣塗上軟泥，這就是罐子的底部。捏一條拇指粗的土條與邊緣接合。

接下去捏較為扁平的土條垂直的與底部邊緣接合。

26

然後捏兩條較寬而拇指
粗的土條垂直地接合上
去。小心地將裏外部空
隙填滿，如此一個漂亮
的圓柱形狀就形成了。

現在要準備做內層器部
份，高度約11公分，亦
成圓筒狀。全部完成後
再乾燥。

將第二塊圓餅狀的底接
上環繞起來直徑10公分
的土條（如圖），土條
約拇指寬，中間的土條
須與底部連接好。

27

下面的土條捍得扁平些並垂直地與底座接合，接幾次以後您會做成一個高 9—10公分而直徑10公分的圓柱形，這將是以後盛奶油的部份。

用削麵刀將容器修平，並在底部邊緣用軟泥黏上一圈約小指頭粗的土條。用小刀將外層修飾好，而用手指修飾裏層。外面這層可以防止水的進入。現在您的小奶油罐已經完成了，可以進行乾燥。

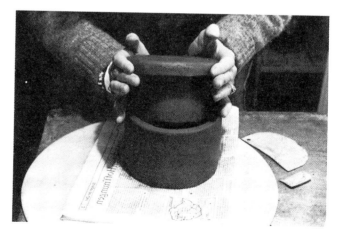

上釉的時候不要忘了連蓋子的內部也一起上（如圖）。主要容器部分可以裝½磅的奶油，這樣您就可以每天享用新鮮的奶油。

盛魚的陶器

要製作盛魚陶器得先準
備一塊直徑12公分的軟
木做蓋子用。此外您還
需具備陶土、碾麵棍、
小刀、削麵刀、軟泥、
和報紙。

在報紙上捍一塊厚１公
分，直徑15公分的圓底
，並在邊緣塗上軟泥。
另外揉一條約拇指粗的
土條環繞在圓底周圍，
用手指輕壓使其與底部
接合。

用小刀將底座表面修平。

做一條亦是拇指粗但較
為扁平的土條與底座接
合；接合的時候要將空
隙填滿。

用削麵刀將裏邊修平並
用左手修飾表面。再接
上兩圈土條之後，將容
器的開口稍稍向內壓。

您的作品雛形已完成大
部份，現在要加上兩個
小彎柄。揉一條均勻的
土條，將其切成兩段，
每一段約8公分長。

將土條彎成兩個小半圓形並塗上軟泥，要接合彎柄的容器部份也要塗軟泥，然後用手指輕壓將彎柄黏上。

您的盛魚容器已經完成了，現在要配合軟木蓋子的大小；注意事先要預計一下容器經過乾燥和燃燒後會縮小。

經過乾燥、上釉和燃燒之後，您就可以修飾軟木蓋的大小了。用小刀將軟木蓋挖成如圖示的樣子，最後將表面修飾平滑即成。

牛奶容器

這個牛奶容器可以容納11杯的牛奶。同樣的您先準備好陶土、碾麵棍、小刀、削麵刀、軟泥，和報紙。

在報紙上將陶土捏成厚1公分，直徑15公分的圓底，並在周圍邊緣塗上軟泥。將一條食指粗的土條接合在周圍，用手指將空隙填滿。

用小刀將外表的底與周圍修飾平滑。

繼續捏三條較為扁平的土條環繞起來，垂直地與底座接合。

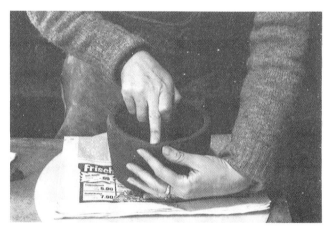

用削麵刀將周圍的壁修平，並用手指將空隙部份輕輕地擠壓填滿。將左手從外壁輕捏，右手的中指從裏邊擠壓出漏斗形管口的形狀。

揉一條拇指粗、15公分長的土條，將其彎成半圓形以作為彎柄。將彎柄兩端以及杯子要接合彎柄的部份塗上軟泥。

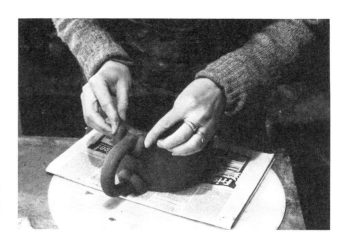

輕壓將彎柄接上。另外
做兩段小指粗的土條黏
接在上下接合的位置。

如此您就有足夠的陶土
，將彎柄的接合處修飾
完整。

現在就可以經過乾燥這
道手續了，但別忘了要
將彎柄部份用金屬箔包
好；因為彎柄部份會先
乾燥，而杯子的乾燥較
慢，如此先乾燥的彎柄
會出現裂縫。等乾燥完
全以後就上釉燃燒。

胡桃籃

將胡桃放在此籃中看起來會更好看；同樣的，此籃亦可放置葡萄或番茄。在此單元中您需具備陶土、碾麵棍、小刀、削麵刀、軟泥，和報紙。

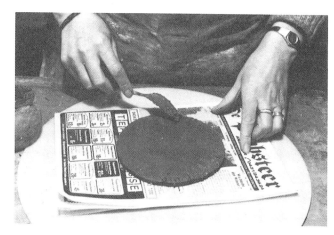

在報紙上將陶土捍成1公分厚的扁平狀，再用小刀切出直徑15公分的圓盤，邊緣塗上軟泥並環繞一圈食指粗的土條。將裏外的空隙填滿。

接下去的土條要捍得稍微扁平些，接合的角度微微向外，這樣就形成向外展開的弧度。

連續接合三圈寬而扁平
的土條，此三圈土條接
合的角度爲垂直地接上
去，並將所有的空隙補
滿，這就是籃子的底層。

用削麵刀將裏外表面 修
飾平滑。要接連彎柄 的
部份先作記號，並塗上
軟泥。

做出拇指粗長40公分的
土條，並彎成半圓形；
兩末端部份要抹平，並
塗上軟泥。

經過約兩小時之後，彎柄即可牢牢地固定。如果在接合的時候發現接合的部份不夠牢固，這時可以在左右接合處補上兩段小土塊，如此就有足夠的土來固定彎柄了。

工作時為求小心起見，將左手從裏面扶持，右手用削麵刀將整個表面修飾平滑。

要乾燥時別忘了在彎柄部份繞上金屬箔，以防止彎柄較快乾燥而裂開

40

圓形蛋糕盤

蛋糕盤的製作可分為兩
部份。您須準備如下的
材料：一大塊陶土塊、
碾麵棍、小刀、一個直
徑45公分的大木盤，削
麵刀、軟泥，和報紙。

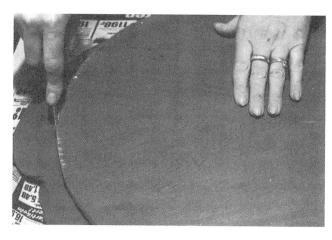

在報紙上將陶土塊捍成
2公分厚的扁平狀；通
常是由兩塊陶土接合起
來捍的。將大木盤放在
上面，沿著木盤邊緣切
出直徑45公分的圓；這
就是底盤部份。

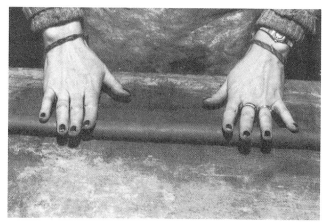

揉出一段平約兩根手指
頭粗的長土條作為盤子
的邊緣。

42

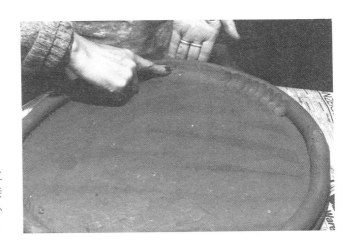

將底盤邊緣塗上軟泥並
輕壓將土條接上。先接
連上去後再用手指頭小
心地將空隙部份補滿。

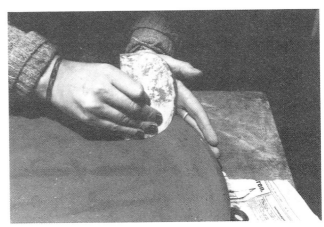

利用一點塑造術和削麵
刀將邊緣修出形狀，底
盤部份就算完成了。將
邊緣部份用金屬箔包起
來，使盤子由裏向外乾
燥，乾燥之後接著燃燒。

現在要做底座；捏出一
塊直徑13公分，厚1.5公
分的圓底，周圍塗上軟
泥，連接一條拇指粗的
土條，並將接合的空隙
補滿。

捏一段較為扁平厚為1
公分的土條朝著向外的
角度接合，空隙部份要
補滿。第三圈土條垂直
地接合即可。

現在須捏兩圈扁平的土
條朝向內的方向接合。
用削麵刀將形狀修飾出
來。乾燥以後即可放入
火爐中燃燒。

燃燒後的底座和圓盤用
陶瓷專用的冷膠接合起
來。靜置24小時以後，
底座和圓盤黏得牢固作
品就完成了。

44

盛食物容器

製作本單元，您須準備
一個直徑30公分的木盤
、陶土、碾麵棍、小刀
、削麵刀、尺、軟泥，
和報紙。

在報紙上將陶土捍成1.5
公分的扁平狀後，將木
盤放上，沿著木盤邊緣
切出直徑30公分的圓底
將邊緣塗上軟泥後接上
一條較拇指粗的土條。

裏外的空隙部份用削麵
刀和手指小心地補滿。

46

下面的土條捏得較扁平些，直接接合上去即可；與底座接合的空隙須填滿。

第一天，您只要接上五圈的土條就行了，高度約爲17公分。用削麵刀將形狀修飾出來。容器的上面邊緣用金屬箔包好，放置一天乾燥。

乾燥之後的第二天，將金屬箔拿開，再接上較寬的土條直到30公分高爲止。用尺和削麵刀將形狀修飾完成。

現在要製作彎柄部份；
揉出兩段25公分長的土
條，將其彎成兩個半圓
形，末端塗上軟泥。

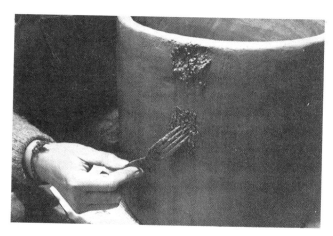

將容器表面修飾平滑後
，要接上彎柄的部份用
叉子刮粗並塗上軟泥；
左手支持內部表面，右
手輕壓將彎柄接上。

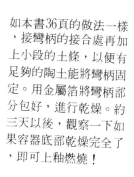

如本書36頁的做法一樣
，接彎柄的接合處再加
上小段的土條，以便有
足夠的陶土能將彎柄固
定。用金屬箔將彎柄部
分包好，進行乾燥。約
三天以後，觀察一下如
果容器底部乾燥完全了
，即可上釉燃燒！

湯碗

製作本單元您須具備如
下的用具：陶土、碾麵
棍、尺、小刀、削麵刀
、鉛筆一支、軟泥、和
報紙。
在報紙上捍出一塊直徑
11公分的圓底並在邊緣
塗上軟泥。

在邊緣接上一圈手指粗
的土條，並將空隙填滿
。捍三條較爲扁平的土
條依次接上，接第三圈
時略朝著向外的角度展
開，然後再接上二圈土
條；到此基本的形狀就
算完成了。

用削麵刀將裏外層表面
均修飾平滑。在報紙上
將陶土捍爲0.5公分厚的
扁平狀，用小刀切成寬
5公分，長6公分的長
方形以作爲管口用。

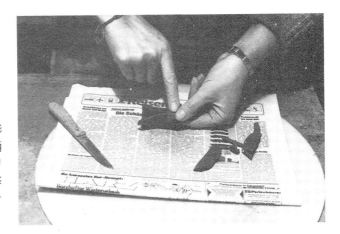

用左手的食指將長方形
捲成小圓管狀，並將兩
端接合起來。利用小刀
修飾外表，而用鉛筆修
飾圓管裏層。圓管部份
亦完成了。

用手指在碗的邊緣向外
壓出一個小凹槽，凹槽
邊緣塗上軟泥，同時亦
將圓管要接合部分塗上
軟泥。

用左手支持外圍，右手
輕壓將圓管接上，並將
周圍的空隙填滿。

做兩段小陶土條將圓管
左右補滿，使接合處看
起來更完整。

用手指將整個碗的空隙
部份補滿；用鉛筆將圓
管內部打通以便於湯汁
的流出。

在湯碗進行乾燥以前還
須在圓管的開口處導出
一個小漏斗嘴。用左手
的拇指和食指固定住圓
管，右手的食指往下輕
壓出一個漏斗狀。稍候
，即可上釉燃燒。

花器

製作花器的圓底需要好
幾天的時間；您須準備
的材料爲直徑33公分的
木盤，陶土、碾麵棍、
小刀、軟泥，和報紙。

將陶土捍成 2 公分厚的
扁平狀，將木盤置於其
上，沿著木盤邊緣切出
直徑33公分的圓底。在
圓底邊緣塗上軟泥，接
上一圈約兩根手指頭粗
的土條，之後將空隙部
分塡滿。

下面的土條需捍得扁平
些。連續接上兩圈土條
，接合的角度是略爲朝
外；接合處先用手指後
用削麵刀修飾平滑。

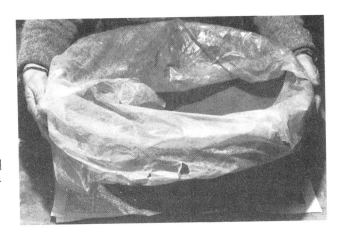

現在將底部的最後一圈
用金屬箔包好，放置一
天乾燥，讓形狀固定。
要小心輕放！

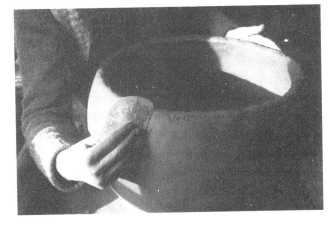

第二天繼續再做；準備
三圈扁平的土條，垂直
地接合上去，空隙處要
小心補滿。然後您又得
就此停止，將完成的部
分包上金屬箔再放置乾
燥。

第三天您再繼續，接上
四圈土條，朝著向內的
角度傾斜。花器的形狀
慢慢接近完成了；留一
個直徑25公分的開口，
垂直地再接上一圈土條
，將接合處補滿，包上
金屬箔，再放置一天！
第四天，您再繼續完成
整個花器的形狀。如圖
所示，用手指壓出一個
漏斗形開口，再將邊緣
修飾好。

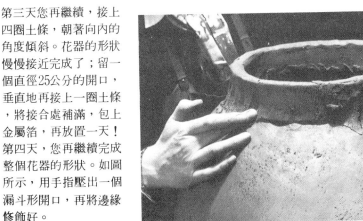

在漏斗形開口的相反方
向，花器腹部的中上方
，先作記號，塗上軟泥
，以便接上彎柄，彎柄
的兩端間隔爲10公分。

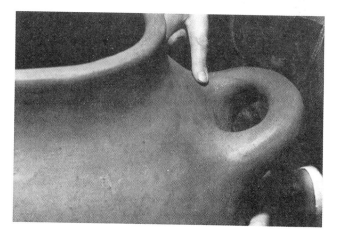

揉一段長25公分的土條
，彎成半圓形，兩端塗
上軟泥；接合上去後在
兩接合處補上小土條，
使接合部分更堅固。完
成後，包上金屬箔進行
乾燥。

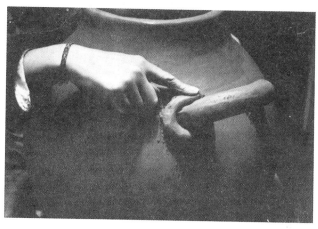

現在看看您的作品做得
多細心；彎柄的接合處
像是"長出來的"，彎
柄的接合是採斜接的方
式，這種形式是我的故
鄉流傳下來的，此處便
是試金石。乾燥完全約
需2至3天，您可將花
器倒著放，讓底部先乾
燥。

56

水果盤

做這件作品您需準備一
個直徑45公分的木盤、
陶土、碾麵棍、小刀、
削麵刀、軟泥和報紙。

在報紙上將大塊的陶土
捍成２公分厚的扁平狀
，並沿著木盤邊緣切出
直徑45公分的圓底。圓
底邊緣塗上軟泥，接上
一圈粗的土條，用手指
將接合處補滿。

用削麵刀修飾出形狀，
並將裏外表面刮平滑。

接著朝向外的角度接上
一圈扁平的土條，接合
處補滿後，水果盤底部
份就算完成了。

準備兩段20公分長的粗
土條作彎柄；將其彎成
半圓形後，末端均塗上
軟泥。

在水果盤的邊緣上作記
號，塗上軟泥，輕壓將
彎柄接上，連接的時候
左手要從外邊扶持。

同樣的,彎柄接合處要加上小土條,以便有足夠的土使接合更堅實。

現在水果盤已經完成了,進行乾燥約需三至四天。乾燥的時候最好斜著放,使空氣能夠從盤底下面進入,利於乾燥的完成。

乾燥時別忘了彎柄部分要包上金屬箔,邊緣最好也包上,使乾燥的方向由下往上的進行。最後上釉燃燒即完成。

形狀較凹深陶盤

您可以將水果盤改變成
形狀較為凹深的器皿。
不要接上彎柄，繼續接
二圈寬的土條，第一圈
垂直地接上去，第二圈
朝著略向內的角度接合
。將所有接合處空隙填
滿。

現在要做兩個把柄；將
器皿要接合的部份塗上
軟泥，左手支持內圈，
右手輕壓將把柄接上。
另外做兩段小土條加在
把柄上半方，使得有足
夠的陶土將把柄補滿。

我很得意這個把柄做得
很好，相信您也實際練
習了。乾燥時將整個器
皿倒著放，以便讓底部
先乾燥。最後上釉燃燒
即成。

第二章

在這裏我想提供一種可能性，就是自己動手做較大型的陶製器皿而不利用到許多陶藝設備。您需要的是一點知識、陶土，和耐心就可以成功。第一部份的盤子製作很簡單；接下去的新單元，您會學到茶壺或者湯碗的製作。

陶器製作的許多部份都是相通的，例如茶杯、碗，以及湯碗的作法和沙拉碗類以，所以您就不需每一段落都重新製作。因爲陶器的底部比例大小經常重覆，例如茶壺的底部和底座暖爐的底部是同樣尺寸，因此我分別準備了直徑13公分、24公分、30公分、33公分，和40公分的圓形木盤。由這些木盤我就可以製作所要的盤子大小了。另外準備直徑約八公分的空罐頭罐，除去蓋子和底，以便壓出茶杯和咖啡杯的圓底。現在缺少的便是製作糕餅的工具，如叉子、小刀、**碾麵棍**等，這些工具需都準備好，再具備陶土您就可以開始工作了。

本書的陶器型式都很簡單，選擇式樣調和的組合在一起就成為一套實用的器皿了。我較喜歡在陶器外表塗深色的釉，裏面塗淡色的；或許您可以在陶器表面畫畫，亦可帶來不少歡樂呢！

您從何處取得陶土？

您可以從製陶業者或有
關商店購得陶土。您亦
可用陶土粉末加水自己
調製。在購買陶土時最
好連釉料一起買。

或許您可以在購買陶土
處燒燒您的作品。要製
作陶器的土不能太潮濕
，如果土會附著在您的
手掌上就是太濕了，這
時將其置於報紙上乾燥
即可。

什麼是軟泥？

軟泥是製作陶器時的一種「接黏劑」。將少量的陶土放在報紙上，乾燥後用碾麵棍捍成粉末，加水並用叉子攪成糊狀即成。

這些糊就是軟泥，用來接合。接合的時候，要將接合的兩部分都用叉子刮粗再塗上軟泥（如圖示），接合上去後輕壓即可。

您從何處取得
釉料？

釉料最好是從購買陶土處購得，因為釉料和陶土的配合很重要，燃燒的時候才不致於變質或龜裂。

將釉粉加水調成黏稠狀，幾個鐘頭之後用刷子刷在網狀的篩子上過濾。要燃燒以前先將釉刷到陶器表面，等釉乾了以後再將整個陶器放入爐中燃燒。

茶具

盤

這是整套茶具,包括杯子、盤子、茶壺,和暖爐。盤子的製作是開始,這一項並不困難;您需要的是陶土,製作糕餅的用具,和直徑13公分的木盤。在報紙上用碾麵棍將陶土捍成約 1 公分厚的扁平狀。

檢查陶土的厚度看是否平均,將木盤置於上面,延著邊緣切出一個圓底。

圓底邊緣用叉子刮粗,並塗上軟泥。

雙手在桌上揉一段約食指粗的土條，土條表面要平均且光滑。

將土條繞在圓底邊緣，由左手從外邊扶持，用右手食指輕壓將接縫補滿。

現在用削麵刀將外表及底部修飾平滑，第一個盤子就做好了。

您有沒有想過通常會有
多少人使用您的茶具。
本書介紹的茶壺大小顯
示，大約需要六個盤子
。接著製作的盤子直徑
爲24公分。

圓底的做法和上一個盤
子一樣，切出圓底後在
邊緣塗上軟泥，再揉出
一段土條圍繞住邊緣，
並將空隙填滿。

接著做的乾酪盤直徑爲
30公分，做法同上。所
有做好的盤子都放在報
紙上乾燥，最好將盤子
集中起來，避免乾裂。

茶杯

現在是茶杯的製作，您需準備一個除去底和蓋子，直徑爲 8 公分的空罐頭罐，用於壓出圓底，圓底的厚度爲 1 公分。

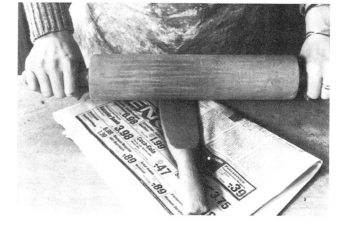

圓底邊緣用叉子刮粗並塗上軟泥。再將陶土捏成 0.5 到 1 公分厚的長條形，再用刀子切出寬 5 公分長30公分的狹長帶狀。

將此狹長的帶狀陶土垂直的與底部接合，兩末端小心地合併在一起。

左手從裏邊扶持，右手
將接縫補好，杯子才不
會變形。

將一段小指頭粗的土條
環繞住裏面邊緣，以便
有足夠的陶土填縫隙，
杯子的周圍與杯底才有
完整的接合。

現在將杯子的外面接縫
填補好。杯子的上端邊
緣用手指壓得薄些，並
用削麵刀修飾平滑。

在相同的原則之下，現在您要做茶葉的濾器。濾器的直徑為7公分，但與茶壺配合的開口並不是如此。做篩子的狹長帶狀寬為9—10公分，長為25公分。

將帶狀陶土與底部接合之後，填補好所有的縫隙，裏面邊緣仍然圍繞一圈小土條作為填補用。濾器的上端邊緣必須再加一圈陶土環，大小與茶壺的開口相同，才不致於滑落。

陶土環的外部直徑為9公分，內部直徑6公分，接合在上端邊緣後，同樣的將接縫補滿。用棒針在濾器周圍扎上小洞。濾器不必上釉，只需乾燥、燃燒即可。

暖爐

盤子和茶杯都準備好了，現在開始做暖爐；暖爐是為茶壺和咖啡壺加熱和保溫而做的。以上三者的底部直徑都相同，都是13公分，厚度約1公分。

切出圓底之後，將邊緣刮粗，並塗上軟泥。

揉一段約拇指粗的土條，圍繞在圓底邊緣，並輕壓。

左手支持外圍，用右手
食指從裏面輕輕擠壓將
縫隙補滿。至於外圍部
分亦需用小刀修飾平滑
。

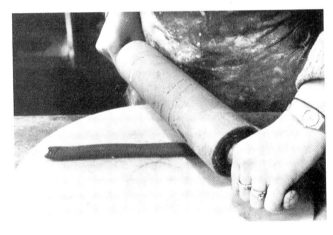

用碾麵棍捍出較爲扁平
的第二段土條，朝著略
爲向外的角度接合上去
，輕輕擠壓並將接縫處
補滿。

現在仍然是連接扁平的
土條，您可自行決定周
壁的厚度，太厚或太薄
都不適宜。第三段土條
垂直地接合上去即可。

下面的三段土條需漸漸朝著向內的角度接合，中間的開口需留至少8公分的直徑，以便手可以伸進去插蠟燭和點火。

將暖爐放置一天之後再繼續工作。利用湯匙柄將開口輕輕地擠壓出圓形，並用削麵刀修飾整個外表；修飾時請將左手從裏扶持。

用一個空心的圓筒如圖示的挖出幾個圓孔，以便蠟燭有氧氣可以燃燒。乾燥時最好將暖爐倒置，使底部能夠先乾燥。

茶壺

製作茶壺和咖啡壺需要
一塊直徑8公分的軟木
以作爲蓋子用。茶壺的
大小需與暖爐配合。同
樣的先將陶土捏成厚度
1公分的扁平狀，並切
出直徑13公分的圓底。

圓底邊緣塗上軟泥之後
接上一段土條，將裏外
空隙補滿。第二段土條
捏得較扁平些，厚度約
1公分，並朝著向外的
角度接合。

第三圈和第四圈的土條
需垂直地接合。在加工
製造時不妨以左手扶持
（如圖），以便於右手
的工作。

第五圈及第六圈的土條漸漸朝著向內的角度接合，一個茶壺的形狀就慢慢形成了。裏外面都修飾好以後，放置一天。

接著您可以做壺嘴部分了。將陶土捍成0.5公分厚扁平狀並切出長8公分寬5公分的長方形。

用手指將長方形的陶土捲起來成管狀，接縫處補滿，外表用小刀修飾，裏面則用鉛筆修飾平滑。先在茶壺要接上壺嘴的部分作記號，壺嘴不要接得太深，以免倒水的時候會流出來。

現在要做茶壺的蓋子；
茶壺的開口要和軟木一
樣大小，軟木在此就做
爲蓋子用。另外在茶壺
上挖個小洞，洞口周圍
塗上軟泥，以接連壺嘴。

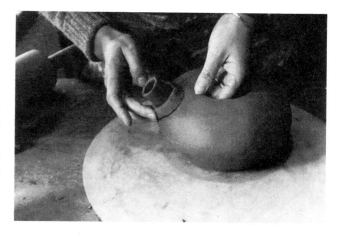

在壺嘴四周補上一段土
條，以便有足夠的陶土
填補縫隙，使壺嘴看上
去像長出來的感覺。用
右手的食指在壺嘴的末
端捏出一個小漏斗形，
便於水的流出。

揉一段拇指粗長爲24公
分的土條，切成兩段，
每段12公分長，作爲茶
壺的把柄。將兩段陶土
彎成兩個半圓形，末端
塗上軟泥，與茶壺接合
。同樣的在接合處加一
段土條，使把柄有足夠
的陶土填補接縫。最後
要進行乾燥時，將把柄
部分用紙包起來，斜著
放，使底部快乾。

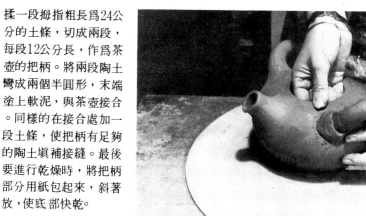

咖啡組具

盛奶水和糖的容器

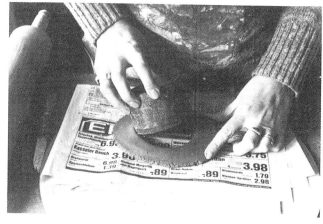

咖啡器皿的盤子部分可
以利用前面茶具所做的
盤子；乾酪盤則可以用
蛋糕盤代替。盛奶水和
糖的容器的做法和茶杯
一樣。首先，將陶土捏
爲扁平狀。

用去底和蓋子的空罐頭
罐壓出兩塊直徑 8 公分
的圓底，周圍塗上軟泥
。另外切出兩塊寬 5 公
分長30公分的長方形陶
土，接合上去，塡滿空
隙。在裏圈加上一段土
條，使接合處更完整，
將裏外表面修飾平滑。

用食指在盛奶水容器的
邊緣擠壓出一個漏斗形
嘴。擠壓的時候，用左
手的拇指和食指從外圍
支持。

杯子

盛奶水和糖的容器做好後，倒過來放，使底部先乾燥。至於咖啡杯的數目可依需要而自行決定，通常是六個杯子。

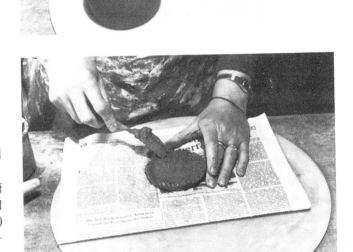

用空罐頭罐壓出數個圓底，邊緣均塗上軟泥。和茶杯及前述奶水和糖容器的作法一樣，每個杯子都需要一塊 5 × 30 公分的長方形做為杯子的周圍。

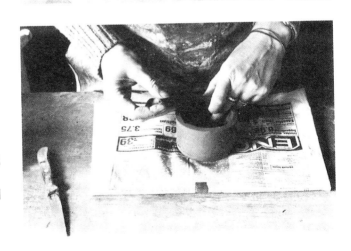

將長方形的陶土與圓底接合，接縫部分填滿，裏面的邊緣都加上一圈土條，使接合更完整，然後將杯子放置一天。

第二天再修飾杯子的形狀；上端的邊緣用拇指和食指捏得稍微薄些，然後用削麵刀修平。

揉出手指粗長12公分的土條，彎成半圓形，末端塗上軟泥，此即是杯子的彎柄。接合時杯子的接合部位亦需塗上軟泥。

彎柄接上去後輕壓，接合部位的周圍加上一段小土條，使接合的部分有足夠的陶土填補縫隙。進行乾燥時將彎柄用紙包起來，倒著放。乾燥完全後，即可上釉燃燒。

咖啡壺

製作咖啡壺仍需要一塊
直徑 8 公分的軟木作為
蓋子用。另需一直徑13
公分的圓形木盤。暖爐
則利用茶具的暖爐即可
。將陶土捍平並切出直
徑13公分的圓底。

邊緣塗上軟泥之後接上
一圈手指頭粗的土條。
左手扶持外圍、用右手
的食指先填補裏面的接
合縫隙，再將外圍的接
縫補滿。

連續垂直接合五圈食指
粗的扁平土條，每一條
土條厚度約 1 公分（不
要太厚），從此處就可
以決定咖啡壺四周之壁
的厚度。

再接上數圈土條直到您
想要的高度。陶土不要
太軟，免得變形。

最後的兩圈陶土要朝著
向內的角度接合，留下
一個直徑 8 公分的開口
（如圖）。將軟木的大
小配合好後，將整個容
器修飾平滑。

揉出一塊厚度0.5公分的
扁平陶土，並切出 6 ×
8 公分的長方形做爲壺
嘴用。將長方形的陶土
用食指捲起，接合好成
管狀，外表用小刀修平
，裏面用鉛筆修飾平滑。

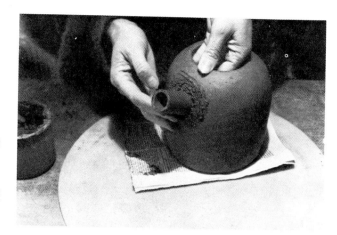

在咖啡壺上要接壺嘴和彎柄的部位做上記號。壺嘴不要接進去太深以免咖啡流出。要接合壺嘴的地方先挖個小圓孔

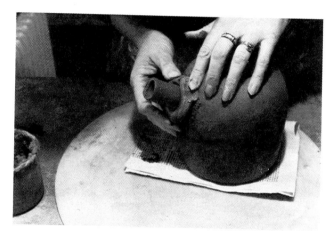

圓孔周圍塗上軟泥，壺嘴接上去後，接合處的外圍再加上一圈土條使接合更牢固。揉兩段13公分長的土條，彎成半圓形，末端塗上軟泥，此將做為咖啡壺的柄。

在接上彎柄的時候，不要忘了左手要從裏面支持咖啡壺。彎柄的接合及處理如同前述的茶壺彎柄。將開口與軟木配合好，彎柄包上紙，即可進行乾燥。乾燥時最好斜著放，使底部先乾。最後將整套咖啡器皿一起上釉燃燒。

餐具

盤

這套餐具是爲四到六人
而設計的，包括湯碗、
數個盛菜碗，一個大湯
碗，一個盛肉的盤子，
以及一個濾器。製作餐
盤的時候需要二個直徑
30公分的木盤；請事先
準備兩個這種尺寸的木
盤。

將陶土捍成厚度2 公分
豹扁平狀，並切出圓底
。將第二塊木盤倒置，
使成爲底座。

將邊緣刮 粗，塗上軟泥。

94

揉一段手指粗的土條做為周圍邊緣；土條的粗細要平均，做出的邊才會好看。接合的部分要緊密，乾燥時才不會出現裂縫。

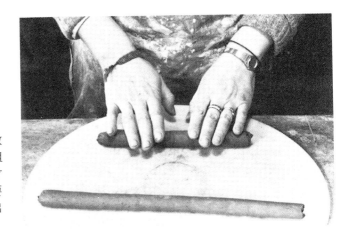

將土條接上，輕輕地擠壓，土條不要太粗，以免變形。用右手食指將接縫補滿，同時以左手支持外圍。

用小刀修飾外層表面，這時左手需扶持裏面。外層縫隙補滿之後再將上下表面修飾平滑。

95

盤子經過如上的處置後，放置一個晚上。

第二天再繼續工作。在移動整個盤子時，盤底要有襯托物支持，以免移動時盤子出現裂紋或彎曲。

用削麵刀先將裏面刮平，二天之後再將外表刮平。盤子要進行乾燥時，邊緣部分用金屬箔包起來，使乾燥的方向由裏朝外。上釉的時候要將所有的部分一起上完，這需要一點耐心，使所有的釉色均勻。

盛肉盤

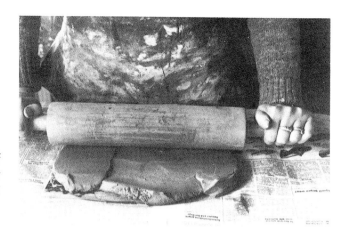

製作盛肉盤的時候，需要兩個直徑40公分的大木盤。先將陶土捍爲厚度2公分的扁平狀。

切出圓底後將第二塊木盤倒置使成爲底座。將邊緣刮粗並塗上軟泥。

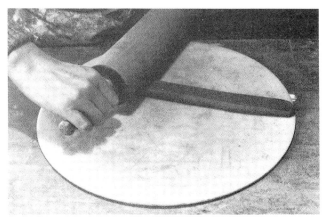

揉一段約兩根拇指粗的
土條，再用碾麵棍捍成
厚度1公分的扁平狀，
不要捍得太薄，用小刀
切成寬4到5公分的帶
狀。

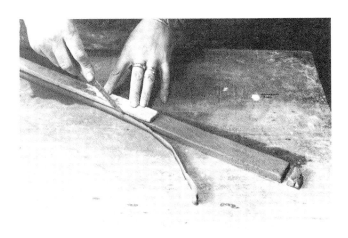

將帶狀陶土接合上去，
空隙部分補滿。

這段帶狀的陶土將垂直
地與塗上軟泥的邊緣接
合。

接上去後輕壓，不要太
用力以免變形。再揉一
段土條繞住裏面的邊緣
以左手扶持外圍，用右
手食指將接上去的土條
填滿接縫。用小刀填補
外表的空隙，並將下到
上的表面刮平。做完後
將盤子放置一個晚上。
第二天再繼續工作。用
削麵刀將邊緣及裏外表
面修飾平滑。乾燥時將
邊緣用金屬箔包住，使
乾燥的方向由裏向外。
乾燥完全之後，再上釉
燃燒。

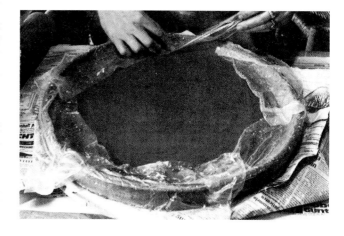

湯碗

湯碗（約4到6個）的底部直徑和茶壺及暖爐的相同，都是13公分。先將陶土捍成厚度1公分的扁平狀。

切出圓底後，在邊緣塗上軟泥。

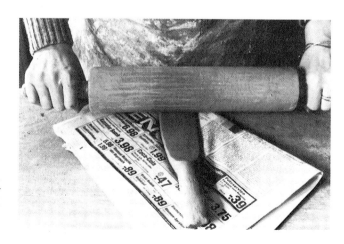

做周圍之壁需要一段粗的陶土，用碾麵棍捍成厚度1公分的帶狀。

用小刀將帶狀陶土切成寬5公分長27公分的長條形，輕壓與塗上軟泥的圓底邊緣接合。

將長條形的兩端接連起來，並將接合處抹平。

圓底和周圍碗壁的內圈接合處再加上一圈土條，將裏外接縫補滿後，放置一個晚上。

接著用削麵刀將整個表面刮平。每個湯碗都需要兩個彎柄。將土條揉成小指粗，每段長5公分，彎成半圓形。

將彎柄塗上軟泥與湯碗接合，接合時要輕壓；為避免碗變形，左手需從裏面扶持。

所有的湯碗都是同樣的型式和大小。以左手支持外層邊緣，右手的食指從裏面邊緣擠壓出一個漏斗形開口，便於湯汁的流出。待所有的湯碗都乾燥完全後再一起上釉燃燒。

濾器

製作濾器您需準備一個
直徑24公分的木盤。將
陶土捍成扁平狀並切出
圓底。

邊緣用叉子刮粗，塗上
軟泥。

揉一段手指粗的土條圍
繞在圓底邊緣，輕壓，
用右手食指將裏面縫隙
補滿，同時以左手支持
外圍。

用小刀將外圍抹平。下
面一段土條捏為 1 公分
的扁平狀，朝著向外的
角度接合，並補滿空隙。

接下去的一圈土條直接
接上去即可，同樣的將
接縫處填滿，放置一個
晚上。

第二天用削麵刀將裏外
表面刮平滑，上端邊緣
用小刀切平。

彎柄部分需揉兩段拇指
粗，長10公分的土條，
將其彎成半圓形。

彎柄塗上軟泥後與濾器
接合並輕壓，接合同時
以左手支持裏面以免變
形。

用一支小木棒在濾器底
部穿出數個小圓孔。乾
燥時將濾器倒置，乾燥
完全以後即可上釉燒。

大湯碗

大湯碗與盛菜碗的型式相同,只是底部的大小不同。湯碗的底部直徑是24公分。我一共做了三個盛菜用的碗。首先還是將陶土捍爲扁平狀。

切出直徑24公分的圓底,邊緣刮粗,塗上軟泥。

將一段手指粗的土條圍繞在圓底邊緣,輕壓使其與圓底接合。

土條與圓底之間用削麵刀或是食指將接縫補滿，同時以左手支持外圍

填補外圍接縫時左手要從裏面扶持。填補縫隙的方向最好是由下往上下面一圈土條捍成1公分的扁平狀，朝著略爲向外的角度接合，並將接縫處補滿。

以下一圈扁平土條仍然是朝著向外的角度接合。

最後一圈土條垂直接合即可，將所有的接縫補滿後放置一個晚上。第二天再將整個外表用削麵刀修飾平滑，上端邊緣用小刀切平即可。

另做兩段長13公分的土條，彎成半圓形做為彎柄用。

將彎柄塗上軟泥與湯碗接合，接合時用右手輕壓，左手從內扶持，避免變形。待兩天的乾燥後，即可上釉燃燒。盛菜的碗作法是相同的，只是圓底直徑為20公分

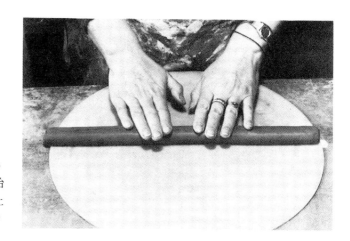

湯杓

大湯碗需要一個湯杓。製作湯杓先從柄部開始。揉一段粗細均勻的土條,約30到35公分長。

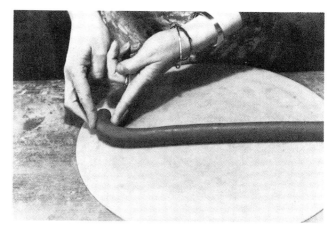

末端約5或6公分處彎起成鉤狀,另外一端則不動,稍後要接上杓子的圓底。

將陶土捏為扁平狀,用空罐頭罐壓出直徑8公分的圓底。

將邊緣刮粗，塗上軟泥。

垂直地接上一圈手指粗
的土條。

裏外接縫處都填補好。

第二圈較爲扁平的土條朝著略爲向外的角度接合，將接縫塡補好後，放置一個晚上。

第二天就要修飾杓子本身了，最好是用削麵刀修飾；整個杓子的形狀爲半球形。

將杓柄與杓子輕壓接合，接縫部分補滿。乾燥以後即可上釉，上釉的次序是先上杓子部分，再依序而上到杓柄。

大碗

大碗的製作在本書中算是一件大作品。您需要兩個直徑33公分的木盤和許多時間。在報紙上將陶土捍為厚度 2 公分的扁平狀。

切出圓底後,邊緣刮粗,塗上軟泥。

邊緣圍繞一圈拇指粗的土條,以左手扶持,右手將裏外空隙補滿。

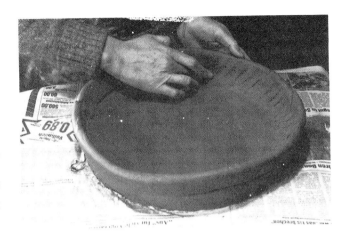

下面一圈土條需捏得扁平些，但不要太薄，以免變形，此圈土條朝著向外的角度接合，空隙部分補滿。

第三圈土條垂直接合，同樣的將裏外接縫補滿。下面兩圈土條朝著向內的角度接合，填滿空隙後放置一個晚上。

第二天用削麵刀將裏外表面修飾平滑。上端的邊緣用小刀切平後，塗上軟泥。

揉一段土條垂直地接合
在頂端邊緣，用手指將
接縫部分填滿。

這個碗需要四個圈環，
每一段為18公分長，將
其彎成半圓形，末端均
塗上軟泥，同時亦將大
碗本身要接連圈環部分
塗上軟泥，輕壓將四個
圈環接上。每一接合處
再補上一小段土條，以
便有足夠的陶土將接合
處補得更牢固。

將圈環部分用紙包起來
，放置二至三天乾燥。
上釉燃燒後用繩子將圈
環穿起來，另外再借用
餐具中的湯杓，以及茶
具中的茶杯就可使用了。

飲料杯

飲料杯的底部直徑和茶壺的底部相同。同樣的，將陶土捍平，切出圓底，邊緣塗上軟泥，接上一圈土條，將接縫處補滿。

下面的土條需捍得扁平些，並朝著向外的角度接合，第二圈土條亦是如此，都是朝著向外的角度接合。

第三圈土條垂直接合，第四和第五圈土條就得朝著向內的角度接起來，飲料杯的雛型已經顯現出來了。將所有的接縫處補滿後再垂直地接上最後一圈土條。做完後，放置一天。

第二天，用削麵刀將整個表面修飾平滑，上端邊緣則用小刀切平。彎柄部分需揉一段拇指粗，長20—25公分的土條。

將彎柄末端和杯子要接上彎柄柄部分塗上軟泥，輕壓將彎柄接上，接合處再補上一小段土條，使彎柄更牢固。如圖示用右手食指擠壓出一個漏斗型嘴。

彎柄的接合要看起來像「長出來」的感覺。乾燥時將整個容器倒置，彎柄部分用金屬箔包起來。乾燥完全之後即可上釉燃燒。我是將內部上淡色的釉，外表則上深棕色的釉，如此您的作品便完成了！

實用陶藝入門

Tina Schwichtenberg 著

郭佩琪 譯

發行人／何政廣

出 版 者／藝術家出版社
臺北市重慶南路一段147號6F
TEL：(02)3719692-3
FAX：(02)3317096

總 經 銷　時報文化出版企業股份有限公司
桃園市龜山區萬壽路二段351號
TEL：(02) 2306-6842

南部區域代理　吳忠南
台南市西門路一段223巷10弄26號
TEL：(06) 2617268
FAX：(06) 2637698

FAX：(04)250-8241

定價：**180**元

1993年11月1日再版
初版／1985年 6 月 1 日